Nachdem Gabi von ihren Eltern aus dem Haus geworfen wurde trifft sie auf einen lästigen Penner, der ihr mitteilt, dass sie gestorben ist. Das klingt so seltsam, dass sie es kaum glauben kann, aber es würde einige Dinge erklären.

Auf ihrem Weg durch die Stadt trifft sie auch auf den Sohn eines Henkers, der schon vor 200 Jahren gestorben ist und auf eine verzweifelte Selbstmörderin, die mit der Ungerechtigkeit in der Welt nicht zurechtkam.

1

Gabriele Balmy

Wie lange dauert „für immer"?

Gabis Nachruf Teil II

Eine mysteriöse Geschichte um einen

Todesfall

FSC
www.fsc.org
MIX
Papier aus ver-
antwortungsvollen
Quellen
Paper from
responsible sources
FSC® C105338

Bibliografische Information der Deut-
schen Nationalbibliothek:
Die Deutsche Nationalbibliothek ver-
zeichnet diese Publikation in der Deut-
schen Nationalbibliografie, detaillierte
bibliografische Daten sind im Internet
über http//dnb.de abrufbar

Impressum
Erschienen bei:
BoD-Books on Demond,
Norderstedt 2019
ISBN 978-3-749-42039-1

Niemand weiß, was der Tod ist,
ob er nicht für den Menschen
das Größte ist
unter den Gütern.

Sie fürchten ihn aber,
als wüssten sie gewiss,
dass er das größte Übel ist.

(Platon)

Mit gesenktem Haupt und hochgezogenen Schultern schleiche ich durch die Straßen. Meine Eltern wollen mich zu Hause nicht mehr sehen, weil ich Mist gebaut habe. Ich darf erst zurückkommen, wenn ich alles wieder in Ordnung gebracht habe. Wie immer habe ich auch jetzt die Dinge kommentarlos hingenommen. Aber ich muss gestehen, ihre Einwände waren berechtigt.

Wieso waren sie eigentlich wieder da? Sie sind doch schon vor Jahren gestorben. Ich habe immer geglaubt, das gibt es nur in Phantasiefilmen, dass man die Verstorbenen sehen kann, oder habe ich geträumt? Aber es war so real. Wir saßen gemeinsam am Tisch, haben geredet wie früher und meine Stiefmutter hat mit mir geschimpft, wie früher. Das habe ich mir doch nicht eingebildet.

Es hat begonnen zu nieseln und ich ziehe meine Schultern noch höher. Eine alte Dame geht mit ihrem braunen Spitz spazieren. Das Hündchen hat so lustige Ohren, die sehen flauschig aus, und an den Spitzen kräuseln sich jeweils schwarze, längere Haarbüschel. Sieht so ein Spitz aus, oder ist das ein Mischling? Auch am Schwanz hängen längere schwarze Fellbüschel herunter, die lustig durch die Gegend wippen. Gerne würde ich ihm den Kopf kraulen und die flauschigen Ohren zwischen meinen Fingern spüren, aber ich habe gerade andere Sorgen. Was mache ich jetzt? Die Gedanken schwirren durch meinen Kopf, wie Schmetterlinge in der Frühlingssonne.

Eine Amsel fliegt aufgebracht davon, sie hatte sich wohl schon auf die Nachtruhe gefreut und war erzürnt über die Störung.

Der Hund hat ein Häufchen gemacht und die Dame nimmt das dampfende Etwas fürsorglich mit einem schwarzen Tütchen auf. Obwohl ich mir immer so einen knuddeligen Vierbeiner gewünscht habe, finde ich das eklig. Früher, als Kind, haben meine Eltern keinen Hund in ihrer Gegenwart geduldet und jetzt will ich die Verpflichtungen nicht eingehen. Dann müsste ich mehrmals täglich hinaus und

Gassi gehen, egal wie das Wetter auch ist und die frischen „Hinterlassenschaften" aufsammeln, nur ein dünnes Tütchen zwischen dem dampfenden Häufchen und meinen Fingern – Pfui. Bei dem Gedanken schüttelt es mich.

Außerdem verreise ich doch gerne, das wäre mit einem Haustier schwieriger.

In der einen Hand die erwähnte Tüte, in der anderen die Hundeleine, schlendern die zwei weiter.

Der Spitz scheint ein fauler Kerl zu sein, und bemüht sich provokativ um ein möglichst langsames Vorwärtskommen.

Was für ein seltsames Gespann die Zwei doch sind. Eigentlich sieht die

Dame so aus, als würde jeder Schritt schmerzen, aber sie bemüht, sich zügig zu gehen. Das Hündchen dagegen wirkt ziemlich agil, hat aber anscheinend keine Lust auf einen Spaziergang bei diesem trüben Aprilwetter. Er bemüht sich immer wieder umzudrehen, doch die Leine hindert ihn daran.

Die gute Frau versucht ihn mit ihren Überredungskünsten vorwärts zu locken: „Nun komm schon, ein Spaziergang tut uns gut", redet sie ihm geduldig zu und verschwindet hinter der nächsten Häuserecke.

Ein Bus hält vor meiner Nase. Mir ist gar nicht aufgefallen, dass ich mich an der Bushaltestelle niedergelassen hatte. Ohne Fahrschein gehe ich mutig am Busfahrer vorbei und nehme Platz. Er nickt den beiden anderen Fahrgästen hoheitsvoll zu, die im Vorbeigehen und mit gleichgültigem Blick ihren Fahrausweis vorzeigen.

Niemand bemerkt mich, wie praktisch. Ich weiß nicht wohin er fährt, aber das ist mir auch egal. Ich habe gerade mein Zuhause verloren und sollte eigentlich zu Hilde, um mit meiner Liebsten zu reden.

Hilde und ihr Sohn Thomas haben mich zu dem Testament überredet, wenn man das überhaupt so nennen kann. „Erpresst" würde eher zutreffen. Aber ich kann Hilde sowieso keinen Wunsch abschlagen.

Ich weiß nur nicht, wie ich das anstellen soll, ich kann ihr doch nicht einfach alles wieder wegnehmen. Sie wird mir nicht glauben, dass meine Eltern mich damit beauftragt haben, meine Eltern sind doch tot. Wie kann ich es ihr nur erklären?

Ich habe die Villa meiner Eltern und das gesamte Vermögen mit dem kostbaren Schmuck Hildes Sohn vererbt.

Es erscheint mir, als wäre die Begegnung mit meinen Eltern schon Monate her. Und die tote Frau hinter dem Haus… Ich hatte Furcht, dass ich das schreckliche Erlebnis niemals verkraften würde. Aber „die Zeit heilt alle Wunden", heißt es. Dabei ist es doch erst einige Stunden her. Ich habe kein

Zeitgefühl mehr. Warum ist Zeit für die meisten Menschen eigentlich so wichtig? Ich habe mal gelesen, dass es keine Zeit und keinen Raum gibt, das existiert nur in unseren Köpfen, hieß es. Ich werde mal darüber nachdenken.

Der Bus hält und einige müde Fahrgäste steigen ein. Sie kommen sicherlich von der Arbeit und sind froh, dass Feierabend ist.

Was hatte meine Stiefmutter gesagt? „Erst wenn du die Sache wieder in Ordnung gebracht hast, können wir alle unseren Frieden finden. Nur du allein kannst das." Das klingt, als wäre ich in einer wichtigen Mission unterwegs.

Dabei interessiert mich die Sache überhaupt nicht und ich würde sie am liebsten verdrängen.

Wieder hält der Bus und eine Dame mittleren Alters und ein Mann im Rollstuhl möchten gerne durch die Hintertür einsteigen. Die Dame hat eine neckische graue Kurzhaarfrisur. Sehr sympathisch diese Frau, ohne künstliche Farbe. Ich habe meine Haare noch nie gefärbt, finde es natürlich am schönsten.

Sie nestelt auf dem Boden des Busses herum. Was das wohl soll? Dann eilt der Fahrer herbei und holt mit männlicher Muskelkraft eine Rampe hervor. Das war es, was die Dame vergeblich versucht hat. Nun kann der Herr im Rollstuhl selbstständig über die Rampe in den Bus fahren und bringt sich geschickt in die entsprechende Position.

Die Dame bedankt sich überschwänglich bei ihrem Helfer, der sichtbar kein Einheimischer ist. Der Fahrer des vorherigen Busses hatte wohl seine Hilfe verweigert, wie sie erzählt, er ist einfach weitergefahren.

Ungeheuerlich, was für rücksichtslose Menschen es doch gibt. Nur wegen dieser Unhöflichkeit musste die Dame und der arme, gebeutelte Herr in seinem Behelfsgefährt eine halbe Stunde auf den nächsten Bus warten.

Kein Wunder, dass die gute Frau so dünn ist, wer weiß was die Beiden schon alles hinter sich haben.

Glücklicherweise habe ich nur die Verantwortung für mich selbst, ich habe keinen Mann und keine Kinder, nur Hilde, meine Partnerin. Hilde und ich haben uns vor vielen Jahren in ihrer Boutique kennengelernt. Anfangs hat sie mich zum Essen eingeladen, dann sind wir zusammen verreist und haben uns ineinander verliebt. Hilde hat nie Geld und ich habe genug davon geerbt. Es hat sie sehr glücklich gemacht, dass ich immer alles bezahlt habe, auch ihre Boutique hat Unsummen „verschlungen". Zum Glück hat sie die inzwischen aufgegeben.

Als Gegenleistung hat sie mir etwas viel Besseres gegeben. Das Gefühl geliebt zu werden und mit einem

Menschen viele schöne Stunden zu verbringen, hatte ich vorher noch nie. Ich würde alles für Hilde tun.

Ein schmuddeliges männliches Wesen setzt sich zu mir. Was will der Penner denn!? Es gibt doch genügend freie Plätze, da muss er sich doch nicht zu mir setzen. Entsetzt schau ich ihn an. Zwei trübe Augen erwidern keck meinen Blick. Ein welker Mund lächelt mir schamlos entgegen. Alles an ihm wirkt schmutzig.

Die Ohren zieren zwei riesige Kopfhörer, darunter eine schmuddelige Baseballkappe, die wohl einmal rot war. Die Haare sind zu einem Nackenknoten gebunden, den unverschämt einige graue Strähnen verlassen haben und wirr den ungepflegten Kopf umrahmen.

Er wirkt einfach nur abstoßend. Mit so einem will ich nichts zu tun haben, was will der von mir? Vorsichtig drehe ich mich zu den anderen Fahrgästen um. Niemand beachtet uns. Ob mir jemand helfen würde, wenn ich mit dem Kerl allein nicht fertig werde?

„Verschwinde!" zische ich ihm zu. Er grinst mich erheitert an. „Ich weiß wer Du bist. Und es kann Dir sowieso niemand mehr helfen, es ist zu spät."

Wie kommt der denn darauf? Wofür soll es zu spät sein? Was weiß der Kerl? Ich fahre zu Hilde, rede mit ihr und dann gehe ich wieder nach Hause und lebe mein Leben weiter wie bisher. Das klingt doch ganz einfach, wenn ich jetzt darüber nachdenke.

Es ist noch nicht dunkel, also noch nicht zu spät für ein „Besüchle".

„Du bist tot!" zischt er mir provokativ zu. Einige faulige Zahnstumpen grinsen mich an. Meine Hand hat das dringende Bedürfnis, mit Wucht in seinem Gesicht zu landen, aber ich will hier im Bus kein Aufsehen erregen. Vorsichtig werfe ich wieder einen Blick nach hinten. Inzwischen sind zwei weitere Fahrgäste zugestiegen, aber noch immer beachtet uns niemand.

Eine schwarz gekleidete junge Frau tippt auf ihrem Handy herum, als würde ihr Leben davon abhängen und ein etwa 40-jähriger Herr mit südländischem Aussehen telefoniert lautstark in einer Sprache, die ich nicht kenne.

Ich stelle mir vor, dass jeder Fahrgast jetzt sein Handy zum Ohr führt und ebenso lautstark wie dieser Mann spricht. Bei dem Gedanken muss ich schmunzeln. Das wäre ein Stimmengewirr in unterschiedlichen Sprachen und niemand würde wegen der Lautstärke etwas verstehen.

Auch der Busfahrer telefoniert über die Freisprechanlage in einer seltsamen Sprache. Was würden all die Leute nur ohne Handy machen? Ich habe auch so ein Ding, allerdings liegt

es zu Hause in meinem Nachtschrank. Ich habe es mal wieder vergessen mitzunehmen.

„Du bist tot, es hört und sieht Dich niemand von denen", holt mich die
krächzende Stimme in die Gegenwart
zurück. Ein seltsames Klacken und
Rasseln ertönt nach jedem Satz aus
seiner Kehle. Entrüstet schaue ich
das Speckgesicht an. So ein
Quatsch. Das wird mir jetzt zu dumm,
ich steige aus!

Ausgerechnet jetzt, stehen wir an einer Baustellenampel. Ich möchte auf-
stehen und mich an den Ausstieg begeben, aber mein merkwürdiger Sitz-
nachbar lässt mich nicht durch.

„Ist dir noch nicht aufgefallen, dass dich niemand sieht?" Klack klack. Entrüstet schaue ich nach vorne.

„Es gibt nur wenige lebende Menschen, die uns sehen können", klack, klack, „die meisten Menschen sind blind für diese Dinge" Klack, klack.

„Ich bin der Erwin". Klack, klack. „Und du?" „Gabi" erwidere ich einsilbig und schaue weiterhin trotzig nach vorn. Was erzählt der für einen Mist und was will er eigentlich von mir?

Aus den Augenwinkeln sehe ich, wie er mir seine schmale Hand mit den schwarz geränderten Fingernägeln entgegenstreckt. Der hat in seinem Leben noch nicht körperlich schwer gearbeitet, wahrscheinlich Penner auf Zeit.

Beleidigt schaue ich weiterhin nach vorn, ohne seinen Händedruck zu erwidern. Ich mach mir doch an dem die Hände nicht schmutzig.

Schweigend setzen wir unsere Fahrt fort. Woher mögen nur diese seltsamen „Klackgeräusche" kommen? Verstohlen mustere ich ihn von der Seite, es muss an der Atmung liegen. Auch wenn er nicht spricht verlässt seinen Körper in regelmäßigen Abständen ein seltsames „Klack, klack". Es hört sich an wie ein Ventil, das klemmt.

Ein schwarzer Rucksack ziert seinen Rücken. Der Herr ist wohl zu bequem ihn abzunehmen und lümmelt sich in gekrümmter Haltung auf dem Sitz herum.

Jetzt entdecke ich auch an seiner linken Seite eine Umhängetasche, die dieselbe von Schmutz überdeckte rote Farbe hat, wie seine Baseballkappe. Wozu er die wohl dabei hat? Es scheint nichts darin zu sein, sie ist flach wie ein Plattfisch.

„Du erzählst vielleicht einen Schwachsinn, wenn ich tot wäre würde ich wohl kaum hier sitzen," entgegne ich trotzig.

Ich muss an die verstorbene Frau hinter meinem Haus denken, sie sah so aus wie ich. „Wenn mich niemand sehen kann, warum siehst Du mich dann," frage ich überheblich. Der Bus verlässt gerade wieder eine Haltestelle, ich habe vergessen auszusteigen. Beim nächsten Halt ist Endstation, dann müssen wir alle raus und ich bin diesen klackenden Penner endlich los. „Du siehst mich, weil ich auch gestorben bin." Klack klack. „Lungenkrebs, ich war Kettenraucher und Alkoholiker." Klack klack.

Kettenraucher, wahrscheinlich kommt dieses merkwürdige klacken aus seiner Lunge, ich kann den Ursprung dieses unnatürlichen Geräusches nicht genau orten, es ist mir auch egal, ich habe meine eigenen Probleme.

Endstation, wir steigen alle aus. Jetzt bin ich Erwin endlich los, er muss weiter zur S 4 nach Frankfurt, ruft er mir eilig zu.

Könnte es stimmen, was er sagt? Mir fallen die ganzen seltsamen Dinge ein, die ich in letzter Zeit erlebt habe. Die tote Frau sah so aus wie ich, hatte sogar die selbe Kleidung an, wie ich. Meine Eltern sind schon lange tot und tauchen plötzlich wieder auf. Bedeutet das, dass sie die ganze Zeit da waren und ich sehe sie jetzt erst, weil ich in demselben Zustand bin wie sie? Gestorben.

Ich brauche mehr Informationen und eile Erwin hinterher. In letzter Minute springe zu ihm in die Bahn, bevor sie abfährt.

„Wieso sehe ich dich dann so, wie ich auch all die anderen Leute sehe, wenn du doch gar nicht mehr lebendig bist?"

„Schau mal genau hin." Klack, klack
Erwin deutet auf den Mann, der uns
gegenübersitzt und gelangweilt aus
dem Fenster schaut. „Siehst du die
Aura, die ihn umgibt?" Klack, klack.
Ich guck mir den Mann genauer an
und kann nichts Außergewöhnliches
erkennen. „Siehst du den feinen Nebel, der ihn umgibt?" Klack, klack.
„Die Aura sieht bei jedem Menschen
anders aus." Klack, klack.

„Bei manchen ist sie farbig wie ein
Regenbogen." Klack, klack „Einige
haben auch eine schmutzige Aura,
trübe und grau," klack, klack, „die sind
krank oder haben einen schlechten
Charakter," klack, klack, „was ja auch
eine Art Krankheit ist." Klack, klack
„Ich sehe keine Aura bei dem Herrn

vor uns!" Gifte ich ihn an. Die Bahn hält, ich könnte jetzt aussteigen und mit der nächsten wieder zurückfahren, aber das interessiert mich nun doch. „Kneif mal die Augen zusammen," klack, klack, „so dass es nur zwei Schlitze sind," klack, klack „und jetzt sieh durch den Mann hindurch." Klack, klack „So, als würdest du die Rückenlehne seines Sitzes sehen wollen." Klack, klack

Interessiert versuche ich seinen Anweisungen zu folgen und tatsächlich, den Herrn vor uns umgibt ein kaum sichtbarer feiner Nebel.

Die Farben tendieren zu einem hellen braun, vermischt mit etwas grau und auch ein wenig rot schimmert dabei durch. Das ist also die Aura.

„Mit etwas Übung siehst du es bei allen Menschen." Klack, klack

„Auf diese Art kannst du unterscheiden, wer noch im lebenden Körper steckt und wer seinen Körper schon verlassen hat." Klack, klack. „Viel Spaß bei üben." „Nächster Halt Frankfurt Süd", erklingt, die Durchsage der Bahn und Erwin springt hastig auf. „Ich muss jetzt aussteigen." Klack, klack

Mit schlurfenden Schritten verlässt er die Bahn und ich bin allein mit meinem neu erworbenen Wissen.

Vorsichtig beuge mich dem Herrn vor mir entgegen. Er ist schätzungsweise zwischen 50 und 60 Jahre, trägt einen grauen Anzug. Seine rote Krawatte zieren kleine gelbe Kätzchen. Wie kitschig. Das schüttere Haar zeigt sich ziemlich spärlich, die schwarze Hornbrille passt nicht zu ihm, aber er will wohl modern wirken.

Ich beuge mich vor und schau ihm direkt in die Augen. Fast berühren sich unsere Gesichter, nur noch einige Zentimeter trennen uns.

Ich kann seinen unangenehmen Atem riechen, er hat wohl Magenprobleme. Auch seine Figur deutet auf falsche Ernährung hin. Er schließt seine Augen. Hat er mich gesehen? Sicher nicht, sonst hätte er sich über mein Benehmen aufgeregt. Vielleicht hat er mich gespürt oder ist einfach nur müde.

Ich gehe ein Stück weiter und entdecke eine reizvolle Dame, die etwa zehn Jahre jünger als ich erscheint. Sie hat schulterlange, glattfrisierte, braune Haare. Ein Scheitel auf der rechten Seite trennt das Haar in zwei unterschiedliche Teile, die sie sorgsam hinter die Ohren geklemmt hat. Wie nützlich die Ohren doch sind, und so vielseitig. Zwei kleine schwarze Steinchen zieren jedes Ohrläppchen. Ich stelle mir vor, wie die Strähnen ins Gesicht hängen würden, wenn diese niedlichen Öhrchen das nicht verhindern würden und muss laut lachen. Upps... verstohlen schau ich mich um, - zum Glück hat mich niemand gehört.

Die Frau ist unauffällig gekleidet, sie trägt verwaschene Bluejeans und einen sportlichen schwarzen Blazer. Darunter blitzt bescheiden ein graues T-Shirt hervor. Die dazu passenden grauen Schnürschuhe zeigen, dass sie sich zwar unauffällig, aber doch bewusst kleidet.

Sie hat eine schlanke, durchtrainierte Figur, im Gegensatz zu mir. Aber in dem Alter war ich auch noch schlanker, verteidige ich mich tapfer vor mir selbst.

Ich streichle vorsichtig ihre Wange. Gedankenverloren kratzt sie sich an der Stelle, wo gerade noch meine Finger sie liebkost haben. Das ist ja witzig und beginnt mir Spaß zu machen. Ein arrogant wirkender graumelierter

Herr im Anzug liest die Tageszeitung. Die Brille sitzt etwas weiter unten auf seiner Nase und lässt ihn hochnäsig erscheinen. Neckisch kitzle ich ihn an der Nasenspitze.

Hastig reibt er sich die Stelle, während er interessiert weiterliest. Das macht doch Spaß, wer ist als nächstes dran? Die Bahn hält und ich beschließe auszusteigen. Ich kann mich auch auf der Straße amüsieren.

Nachdenklich lasse ich mich auf einer Bank nieder, der Tag geht langsam zur Neige und der Berufsverkehr lässt nach. Ich muss nachdenken und erst einmal alles verarbeiten.

Was ist seit gestern alles passiert? War es wirklich erst gestern, als ich

die tote Frau hinter meinem Haus ge-
funden habe? Nachdenklich schließe
ich die Augen, während eine frische
Brise zärtlich mein Gesicht streichelt.

Was würde geschehen, wenn ich hier
einfach für immer mit geschlossenen
Augen sitzen bliebe?

„Für immer", was bedeuten diese
zwei Worte? Wenn ich wirklich gestorben bin, ist es dann für immer?
Wie lange dauert „für immer"?

Der Wind zerrt an meinen Haaren, die
mir schon wieder über die Ohren
wachsen. Ich trage meine Haare
gerne ganz kurz, das ist pflegeleicht.

Und wenn das doch alles nur ein
Traum ist?

Vorsichtig öffne ich das linke Auge, es ist niemand zu sehen. Auch das andere Auge kann niemanden in meiner Nähe erblicken.

Es hatte sich so angefühlt, als wäre jemand hastig an mir vorbeigeeilt. Auf der Straße vor mir fahren die Autos in gemächlichem Tempo entlang, es ist eine verkehrsberuhigte Zone. Hinter mir erstreckt sich ein Wohngebiet mit Hochhäusern.

Wenn der röchelnde „Penner" wirklich recht hat und ich tot bin, wie bin ich dann ums Leben gekommen?

Gegen Mittag war ich gestern mit Hilde essen, wie wir es öfter tun. Mir ging es in den letzten Tagen nicht so gut und ich wollte nicht mit, aber sie hat mir keine Ruhe gelassen.

Hilde hat mir offenbart, dass sie mich sehr vermisst und wollte mich unbedingt sehen. Ich kann Hilde keinen Wunsch abschlagen, also habe ich mich mühsam in mein Auto begeben und bin zum Nefeli gefahren, das ist unser Lieblingslokal.

Mir ging es so schlecht, dass ich mich gleich nach dem Essen wieder nach Hause begeben habe, um mich hinzulegen. Dann weiß ich nur noch, dass ich mich draußen, hinter dem Haus blutverschmiert erhoben habe. Vor mir lag die tote Frau und im Lichtschein konnte ich erkennen, dass sie so aussah wie ich. Es war schon dunkel und ich habe mich gefragt, was sie hinter dem Haus wollte und wie sie dorthin gekommen ist.

Wenn jener leblose Körper wirklich meiner war, erklärt das Einiges.

Jetzt bin ich also tot und „lebe" trotzdem weiter. Ich habe mir den leblosen Zustand ganz anders vorgestellt, dachte immer, wenn man tot ist, ist man tot und merkt nichts mehr.

Ich muss zu Hilde, ihr wird nichts weiter übrigbleiben, als mir zu zuhören, vorher lasse ich sie nicht in Ruhe.

Entschlossen erhebe ich mich von meiner Bank und gehe forschen Schrittes weiter. Wie leicht mir doch das Laufen jetzt fällt, so schnell und mühelos bin ich in meinem ganzen Leben nicht vorangekommen.

Meine Gedanken schweifen wieder zurück zum gestrigen Tag. Warum war Thomas so versessen darauf,

dass die tote Frau ganz schnell verbrannt wird? Mir scheint, er hatte
Angst, man könnte an der Leiche etwas finden, was ihn belasten würde.
Aber was? Ich krame in meinen Erin-
nerungen. Was stand auf dem Wagen
des Bestattungsunternehmens? „Be-
stattung Bachmann." Ich werde dort
mal vorbeischauen, vielleicht kann ich
herausfinden, warum Thomas es so
eilig hatte, meinen Körper zu vernich-
ten.

Ein Straßenschild verrät mir, dass ich
gerade in der Schnaingartenstraße
bin. Schön hier, viel Grün, viele
Bäume. Warum ist mir das nie aufgefallen? Sicherlich, weil ich immer nur
mit dem Auto gefahren und selten zu
Fuß gegangen bin. Es sind noch zwei

Kilometer zu laufen, aber das schaffe ich jetzt problemlos. Kein Zweifel, mein schwerer Körper hindert mich nicht mehr am Vorwärtskommen.

Es muss inzwischen schon fast 22:00 Uhr sein, natürlich ist die Tür des Bestattungsunternehmens verschlossen. Vorsichtig presse ich meinen Körper dagegen und lande doch tatsächlich im Inneren des Gebäudes. Wie praktisch es doch ohne Körper ist.

„Was willst Du hier!?" Ertönt eine gereizte Stimme. Erschrocken entdecke ich am Schreibtisch einen gutaussehenden jungen Mann. Glänzendes schwarzes Haar umrahmt mit engelsgleichen Locken sein Gesicht, das ebenmäßig geformt ist und südländisch wirkt.

Es ist doch gemein, dass Männer so schöne Haare haben, während ich mich immer mit meinen dünnen, formlosen Fransen herumplagen musste.

„Hey", erwidert er beschwichtigend, „ich wollte dich nicht erschrecken, aber hier tummelt sich manchmal ziemlich merkwürdiges "Kruppzeug" herum. Ich bin Sebastian."

Zurückhaltend erwidere ich seinen Händedruck. Ein trauriges Gefühl überkommt mich, als mir bewusst wird, dass dieser gutaussehende und wie ich jetzt feststelle, nette junge Mann auch tot sein muss, sonst hätte er mich nicht gesehen.

„Ich bin schon seit hunderten von Jahren hier", antwortet er, als hätte er meine Gedanken erraten. „Mein Vater war einst Henker in Frankfurt. Er hat zwar vielen Leuten das Leben genommen, aber auch Leben gerettet. Als Henker kennt man sich gut mit der Anatomie des menschlichen Körpers und der Kräuterkunde aus. Mir konnte er leider nicht helfen.

Welchen Beruf mein Vater wirklich ausübte, wusste ich viele Jahre gar nicht. Zu Hause war er immer ein liebevoller Vater und Heiler, zu dem die Leute heimlich kamen um sich Rat oder Medizin zu holen. Die besten Kräuter wachsen auf dem Galgenberg, hat er immer erzählt. Mich hat er nie dorthin mitgenommen.

Dass er auch aus anderen Gründen auf dem Galgenberg war, habe ich erst bei meiner Verhaftung erfahren." Er schaut traurig zur Seite und ich bitte ihn, weiter zu erzählen.

„Ich war 17 Jahre, als Vater mich mit einigen Kräutern zu der Frau des Krämers schickte," setzt er seine Geschichte fort.

„Sie verkaufte diese Kräuter als Erkältungstee in ihrem Laden. Hätten die Leute erfahren, dass der Tee vom Galgenberg stammte, hätten sie ihn sicherlich nicht gekauft.

Die Frau des Krämers war eine 20-jährige Schönheit mit hüftlangen, gewellten, braunen Haaren und einem wunderschön geformten Gesicht. Ihr voller Mund trug immer ein verführerisches Lächeln, wenn ich den Laden betrat. Sie hieß Lisa, ihre Eltern haben sie mit dem 15 Jahre älteren dicken Krämer verheiratet und jeder wusste, dass er nicht besonders nett zu ihr war.

Alle Männer im Ort beneideten den Krämer um seine Frau.

Der Krämer war zu dem Zeitpunkt in die Stadt gefahren um Ware zu holen.

Lisa hatte an dem Tag mit einem kecken Hüftschwung die Ware entgegengenommen und mich dann gebeten, ihr zu folgen. Sie würde mir das Geld im Nebenzimmer geben, ich müsse ihr dabei helfen, es aus dem Schrank zu holen. Es wäre zu hoch für sie.

Nicht ahnend, was sie vorhatte, folgte ich Lisa ins Hinterzimmer. Dann fing sie an, mich zu streicheln und zu küssen. Ich war wie versteinert vor Schreck und wusste nicht, was ich tun sollte. Sie hatte mir bei stürmischem Liebesgeflüster die Hose geöffnet. Plötzlich ertönte die Türglocke „Diese verdammten Drecksäcke, Halsabschneider!" kam ihr Ehemann laut schimpfend in den Laden.

Nun fing Lisa an zu schreien und auf mich einzuschlagen: „Lass mich los Du Rüpel, Hilfe! Hilfee!"

Eben hatte sie mich noch geküsst und liebkost und jetzt schrie sie und wehrte sich, als hätte ihr jemand etwas angetan. Dabei stand ich immer noch wie versteinert da. In meiner jugendlichen Unschuld wusste ich nicht, was mir geschah und wie ich mich in der Situation verhalten sollte.

Mit einem Knüppel aus massivem Holz kam der Krämer hereingestürzt und wollte damit auf mich einschlagen. Ich konnte den Schlag abwehren, der Krämer fiel in seiner Unbeholfenheit mit dem Kopf auf die Kante des Kaminsimses.

Ich wollte nur noch weg und flüchtete aus dem Laden. Beim Fortlaufen konnte ich aus den Augenwinkeln noch sehen, wie er zu Boden ging.

Einige Männer, die das Geschrei gehört hatten und zur Hilfe eilen wollten, haben mich dann festgehalten und zum Kerkermeister gezerrt.

Es kam mir alles vor, wie ein Traum. Erst Tage später erfuhr ich, dass der Krämer so unglücklich auf den Kopf fiel, dass er seinen Verletzungen erlegen ist. Ich wurde wegen versuchter Vergewaltigung und Mord zum Tode durch den Strang verurteilt.

Die Tage im Kerker waren furchtbar. Ich bin wohlbehütet aufgewachsen, und dann musste ich in diesem modrigen, stinkigen Loch mit Ratten hausen. Das Essen, wenn man es überhaupt so nennen konnte, war ungenießbar. Etwas Ähnliches wie eine Toilette gab es nicht, jeder einzelne Gefangene war angekettet und konnte sich nicht weiter als einen Meter bewegen.

Anfangs habe ich noch versucht, mein Geschäft immer an derselben Stelle zu verrichten, aber nach einigen Tagen war es egal. Der Gestank war all gegenwärtig und ich habe mich nicht mehr wie ein Mensch gefühlt. Für mich war der Tod die Erlösung von dieser Pein.

Man hatte meinem Vater angeboten, einen anderen Henker für meine Hinrichtung zu bestellen, aber er wollte es selber machen. Das klingt zunächst grausam, aber es war das Einzige was er für mich in dieser Situation noch tun konnte. Er war Meister in seinem Fach und wusste wie man den Strang anlegen muss, damit der Tod möglichst schnell und schmerzlos eintritt.

Vater ist dann kurz nach meinem Tod gestorben. Vielleicht hat er sich auch selbst das Leben genommen, das weiß ich nicht so genau.

Leicht ist es ihm ganz sicher nicht gefallen, seinen eigenen Sohn zu strangulieren. Nur ich konnte hören, wie er unter seiner Henkersmaske weinte."

„Das ist ja eine schreckliche Geschichte, was ist mit Deiner Mutter?" frage ich ihn erschüttert.

„Meine Mutter habe ich nie kennengelernt, sie ist bei meiner Geburt verblutet. Vater hatte zu dem Zeitpunkt einen Einsatz in Bergheim, das ist hier ganz in der Nähe. Als er wieder nach Hause kam, fand er seine Frau in einer Blutlache im Bett vor, ihren Arm schützend um das kleine Baby gelegt.

Sie hatte das Kind allein zur Welt gebracht, niemand wollte mit dem Henker und seiner Familie etwas zu tun haben, sie berühren bringt Unglück, hieß es.

Mutter hatte wohl noch geschafft, die Nabelschnur zu durchtrennen und hat sich dann völlig entkräftet mit mir ins Bett gelegt. Als Vater nach Hause kam, war sie schon zwei Tage tot.

Wohin sie dann gegangen ist weiß ich immer noch nicht. Ich habe sie nach meinem Tod jahrelang gesucht und überall die Nachricht hinterlassen, dass ich hier in Langen auf sie warte. Hier hat mein Vater an ihrem Todeszeitpunkt übernachtet.

Damals war dieses Gebäude ein Gasthof. Vielleicht kommt sie irgendwann auf die Idee, ihn hier zu suchen, dann wird sie auch mich finden."

„Und dein Vater? Hast du ihn nach seinem Tod wiedergesehen?" „Nein, leider nicht. Vielleicht ist er auch immer noch auf der Suche nach ihr. Irgendwann werden sie mich finden, bis dahin sorge ich hier für Ordnung." Vielleicht schmort er auch in der Hölle, schließlich hat er viele Menschenleben auf dem Gewissen, schießt es mir durch den Kopf.

Was für eine traurige Geschichte, dagegen sind meine Probleme ein Staubkörnchen. Der arme Kerl muss schon vor hunderten von Jahren gestorben sein. „Wie lange ist das her?"

„Ich bin im Jahr 1790 gestorben, welches Jahr haben wir jetzt?" „2017" antworte ich ihm schockiert. Über 200 Jahre „schwirrt" er hier schon herum. Das ist doch unmenschlich.

Sollte es wirklich für immer sein? Aber das kann doch nicht sein, alles ist doch mal zu Ende, dann muss auch „für immer" mal vorbei sein. „Was ist mit dir?" reißt er mich aus meinen Gedanken. Traurig erzähle ich ihm meine Geschichte und er hört mir geduldig zu. Er hat ja Zeit, denke ich beruhigt.

„Komm", sagt er zu mir, „wir schauen nach, ob wir an deinem Körper etwas Verdächtiges entdecken können." Er führt mich durch einen Raum voller

Särge, die nach frischem Holz riechen. Ängstlich bemerke ich, dass sich hier auch andere Leute herumtummeln. Sie scheinen es gewohnt zu sein, in diesem Haus fremden Menschen zu begegnen, niemand beachtet uns. „Die sind alle mal hier gelandet, das ist schließlich ein Bestattungsinstitut. Die meisten wissen dann nicht, wohin sie gehen sollen, also bleiben sie. Ich habe es mir zur Aufgabe gemacht, hier für Ordnung zu sorgen.".

Mir ist das Ganze nicht geheuer, aber an solche Begebenheiten muss ich mich wohl gewöhnen. Sehnsüchtig denke ich an mein zuhause und mein Bett zurück. Wie gern würde ich mich

wieder unter meine Bettdecke verkriechen. Nur eine Weile, bis ich die
ganzen Erlebnisse „verarbeitet" habe.
„Hast mal ne Zigarette?" bettelt mich
eine alte, bucklige Frau mit krächzen-
der Stimme an. Ihr Haar scheint noch
relativ schwarz und wirkt künstlich,
gegenüber dem runzligen alten Gesicht.
Eine verwaschene graue Kittel-
schürze bedeckt ihren Körper und einer der hautfarbenen Stützstrümpfe
ist bis zu den Knöcheln herunterge-
rutscht.
Wer weiß, woher sie die modernen
schwarzen Turnschuhe hat, sie pas-
sen überhaupt nicht zu dem alten,
verwaschenen Rest. Ängstlich

schüttle ich den Kopf, „Ich rauche nicht."

„Hab keine Angst," beruhigt mich Sebastian, „die sind hier alle harmlos. Wer Ärger macht fliegt raus und kann sehen, wo er bleibt. Da passe ich schon auf."

Wir gelangen in einen Raum mit zwei Kühlzellen. An einer der Zellen entdecken wir meinen Namen. Sebastian holt die Leiche heraus und ich schaue einer Frau ins Gesicht, die wohl mal ich gewesen bin.

Jetzt sieht sie weiß aus, wie die Wand in meinem Schlafzimmer. Sie schaut mit halb geöffneten Augen ins Leere und ihr Mund, der offensteht und so aussieht, als würde er jeden Moment los schnarchen, lässt eine Reihe alternder Zähne erkennen.

Kein Zweifel, das bin ich. Der rechte Eckzahn wurde mir vor einigen Jahren durch einen Stiftzahn ersetzt und an den Schneidezähnen fehlt eine kleine Ecke. Wie erstarrt stehe ich da und starre das große Stück totes Fleisch mit Knochen an, das einmal ich gewesen bin.

Sebastian schiebt mir einen Stuhl zu.

„Setz dich!" flüstert er verständnisvoll.

Dankbar lasse ich mich nieder.

Ich, das bin ICH. Nein! Das war ich. Aber das stimmt doch alles nicht, der Körper dort ist real, den können andere Menschen sehen und berühren, mich nicht. Wer oder was bin ICH also?

Meine Gedanken rasen in Lichtgeschwindigkeit durch den Kopf. Sebastian schiebt fachmännisch ein Augenlied der Toten hoch und nickt bestätigend. „Die Pupillen sind so groß, hast du Drogen genommen" „Nein!" Antworte ich entrüstet, was denkt der denn von mir. „Tabletten?" Bohrt er weiter nach. „Nein, ich war herzkrank und meine Freundin hat mich gebeten, die Tabletten abzusetzen und Oleandertropfen zu nehmen. Von den Tabletten wurde mir immer schlecht und Oleandertropfen sind doch auf Naturbasis." Verteidige ich Hilde und mich.

„Hilde und ich waren ein Paar und sie meinte es gut mit mir." „Soso", meinte Sebastian wissend. „Und mit dem

Oleander ging es dir dann besser?"

„Nein, nicht wirklich," antworte ich kleinlaut. „Aber das dauert auch seine Zeit, bis die Wirkung einsetzt und die Gifte von den Tabletten aus dem Körper sind."

„Das stimmt," meint Sebastian, „Oleander wurde zu meiner Zeit auch bei Herzschwäche verwendet. Allerdings ist er auch hochgiftig. Es kommt auf die Dosis an, wie bei vielen Dingen. Wie es scheint, hat deine Freundin es zu gut gemeint und dir eine zu hohe Dosis verabreicht."

Mit diesen Worten entfernt er sich nachdenklich und ich bleibe allein mit mir zurück. Hilde hat es gut gemeint, wahrscheinlich zu gut. Das hat mich das Leben gekostet. Mir fällt ein, wie

Hilde und ihr Sohn alle wertvollen Dinge in ihrem Auto versteckt haben, bevor sie nach meinem Auffinden die Polizei anriefen. Und Thomas wollte, dass die Tote ganz schnell verbrannt wird. Sollten sie absichtlich…

Nein! Jetzt geht meine Phantasie wieder mit mir durch. Mein Tod ist einfach so passiert. Es wäre ungerecht, jemanden dafür verantwortlich zu machen.

Ich weiß nicht, wie lange ich hier gesessen und diesen blutleeren Leichnam betrachtet habe. Als ich mich erhebe steht Sebastian plötzlich wieder neben mir.

Vorsichtig schiebt er die Tote in ihre Kühlkammer zurück. „Sie wird in einer Woche verbrannt. Jetzt erinnere ich mich auch wieder, an das Gespräch, das der Bestatter mit einem alten, weißhaarigen Herrn hatte. Der hatte sich als dein Bruder vorgestellt. Dem Bestatter kam die ganze Angelegenheit merkwürdig vor, weil der Bevollmächtigte, ein Herr Thomas, so sehr darauf gedrungen hat, dass die Tote möglichst schnell eingeäschert wird. Richtig wütend ist er geworden und hätte es am liebsten selbst und sofort erledigt.

Der Bestatter hatte deinem Bruder geraten, bei der Polizei eine Obduktion zu beantragen. Was dabei herausgekommen ist, weiß ich nicht. Möchtest Du bei deiner Trauerfeier dabei sein?" Traurig nicke ich mit dem Kopf, unfähig ein Wort zu sagen. „Es ist doch immer wieder interessant zu sehen, wer wirklich trauert oder wer nur nach außen hin so tut, als ob. Das ist das Gute an unserem Zustand, wir wissen mehr als die Lebenden.

Übrigens: als Todesursache wurde Herzstillstand angegeben, das ist allerdings keine Todesursache, sondern der Endzustand, der bei jedem Verstorbenen eintritt. Auch das ist sehr seltsam. Kennst du diesen Dr. Müller, der das unterschrieben hat?" Verwirrt schüttle ich den Kopf. „Kannst du dich erinnern, wie es passiert ist?" Fragt er mich, aber ich kann mich an nichts erinnern.

Schulterzuckend führt mich Sebastian in einen kleinen Raum mit vielen Kerzen. Ein Gemälde von Jesus

Christus in Lebensgröße ziert die Wand. Er trägt ein weißes Gewand, goldenes Licht umgibt sein Haupt und strahlt so viel Helligkeit und Zuversicht aus, dass mir ganz warm ums Herz wird. Sebastian serviert mir einen Kräutertee und vergessen ist die trübe Stimmung.

Plötzlich ertönt von draußen ein Geschrei und Gepolter. Sebastian springt auf „Ich bin gleich wieder da." Und schon ist er durch die Tür verschwunden.

Jetzt bin ich allein. In Sebastians Gegenwart hatte ich ganz vergessen wie es ist, allein zu sein.

Das Jesusbild vor mir sieht wunderschön und echt aus. Ich versuche, mich auf Einzelheiten zu konzentrieren und plötzlich steht er vor mir, in Lebensgröße. Der Jesus Christus in menschlicher Gestalt. So wunderschön und hell, dass es mir den Atem verschlägt. Er strahlt so viel Liebe und Schönheit aus und ist strahlend hell. Ich fühle mich so glücklich wie noch nie und habe das Bedürfnis, für immer in seiner Nähe zu bleiben.

„Bist du echt oder träume ich?" Ein entzücktes Lächeln huscht über sein Gesicht. „Natürlich bin ich echt, die meisten Leute können mich nur nicht sehen, aber ich bin da, immer und überall." „Warum habe ich dich nicht schon früher gesehen," frage ich ihn. Daraufhin erklärt er mir, dass jeder

Mensch auf der Erde einen Lernprozess durchlaufen muss, und er, der Heiland, darf nicht eingreifen. „Aber ich bin doch jetzt tot, bleibst du jetzt bei mir?" frage ich ängstlich. Ich will nicht wieder alleine sein.

„Ich bin immer in deiner Nähe, Gabi, auch wenn du mich nicht siehst. Du hast hier auf Erden noch eine Aufgabe zu erfüllen, das kannst nur Du alleine. Wenn du diese Aufgabe erfüllt hast, hast du dir und anderen Menschen sehr geholfen, dann feiern wir alle gemeinsam ein Fest."

Plötzlich poltert etwas lautstark von außen gegen die Tür, wieder und wieder. Unnatürliche Schreie ertönen aus dem Nebenraum.

Sebastian! schießt es mir durch den Kopf und ich reiße die Tür auf. Hier ist eine heftige Schlägerei in Gange. Mehrere Männer prügeln aufeinander ein, verknotet in ein Knäuel kämpfender Masse.

Einige Frauen versuchen sie auseinander zu bringen und zerren an ihren Haaren und anderen Gliedmaßen. Der Lärmpegel ist enorm, es wird geschrien, geschimpft, gejammert und geheult.

Im Bestattungsraum herrscht ein heilloses Chaos und jetzt entdecke ich auch Sebastian. Er scheint wahnsinnige Kräfte zu haben und wirft einen Störenfried nach dem anderen aus dem Haus.

„Hast mal ne Zigarette?" fragt mich wieder die alte Frau mit dem heruntergerutschten Stützstrumpf. Ich schau in ihr Gesicht, das mich mit einem treuherzigen Blick bittend ansieht. Sie wirkt in diesem Augenblick so rührend, dass ich sie am liebsten umarmen würde. Aber ich schüttle nur mit dem Kopf und wende mich wieder ab. Ich will weg von diesem Lärm und Gestreite und öffne die Tür zu dem Raum der Stille. Ich unterhalte mich lieber mit Jesus, als diesen streitsüchtigen Leuten zu zuschauen. Im Raum brennen die Kerzen, das Bild von Jesus hängt an der Wand und mein Tee ist inzwischen kalt geworden. Nichts erinnert mehr an die Erscheinung, die ich vorhin hatte.

Habe ich nur geträumt oder sind das Wahnvorstellungen?

Resigniert verlasse ich wieder diesen friedlichen Raum. Im Bestattungszimmer ist inzwischen Ruhe eingekehrt, es ist niemand mehr zu sehen. Das ist es also, was Sebastian damit meinte, dass er hier für Ordnung sorgt.

Ein kleines Mädchen mit schwarzen geflochtenen Zöpfen drückt sich ängstlich in eine Ecke. Ich schätze sie auf etwa fünf Jahre. Im Arm hält sie krampfhaft einen Teddy fest.

Als sie mich sieht, rinnen Tränen über ihre Wangen. Ich schau sie fragend an. „Ich will zu meiner Mami" weint sie. Ich schau mich um, keine Mami zu sehen. Es ist überhaupt niemand mehr zu sehen. Auch Sebastian ist

verschwunden. „Wie heißt du denn?"
Frage ich besorgt. „Luna" schluchzt
sie. „Und wie ist dein Nachname?"
„Ich bin Luna Groth und wohne im
Weißdornweg. Kannst du mich nach
Hause bringen?" Fragt sie mich hoff-
nungsvoll.

„Klar, das bekommen wir hin." Ein
Strahlen erhellt ihr Gesicht. Glücklich
schiebt sie ihre Hand in meine. Ein
Schlüssel dreht sich im Schloss. Es
ist inzwischen Morgen und der Bestatter beginnt seinen Arbeitstag.
Luna und ich huschen unbemerkt an
ihm vorbei, hinaus auf die Straße. Ich
werde sie nach Hause bringen und
dann meine Mission erfüllen und mit
Hilde reden. Dann wird wieder alles
gut.

Schweigend gehen wir Hand in Hand die Bahnstraße entlang und biegen am Wernerplatz ab.

Nach etwa 30 Minuten stehen wir vor einem wunderschönen Haus. Ihre Eltern scheinen vermögend zu sein. „Wohnst du hier?" Frage ich sie und Luna nickt glücklich. Erfreut lässt sie mich stehen und läuft durch die geschlossene Tür ins Haus.

Ich bin wieder allein, was mache ich jetzt? Ich habe eine Mission zu erfüllen, aber wie fange ich es an? Vielleicht sollte ich erst einmal essen gehen, es müsste langsam Mittagszeit sein, also mache ich mich auf den Weg ins Nefeli.

Es ist ein schönes Gefühl, geholfen zu haben und in meinen Gedanken stelle ich mir vor, wie die Eltern ihre kleine Luna in die Arme schließen.

Aber das geht ja gar nicht, fällt mir gerade ein, sie können Luna nicht sehen. Egal, die Kleine ist bei ihren Eltern und Luna kann sie sehen. Alles gut.

Gedankenverloren spaziere ich durch die Stadt. Es ist April, ein Sonnenstrahl blitzt durch die Wolken. Die Narzissen blühen so wundervoll und ich genieße diesen Anblick. Der Frühling ist doch eine wundervolle Jahreszeit.

Ich hatte einmal mit Hilde im April einen Ausflug in den Norden unternommen. In der ehemaligen DDR gibt es riesige Felder und im Frühjahr blüht der Raps so wunderschön. Gelbe

Rapsfelder bis zum Horizont, das hat mich sehr beeindruckt.

Inzwischen bin ich am Nefeli angekommen.

Da sitzt ja auch Hilde, schön und gepflegt wie immer. Sie sieht frisch und erholt aus, ganz anders als an dem Tag, als ich sie das letzte Mal sah. War das wirklich erst gestern oder vorgestern oder ist inzwischen schon mehr Zeit vergangen?

Hilde wirkt fröhlich, sie scheint nicht um den Tod ihrer Liebsten zu trauern. Neben ihr sitzt eine andere ältere Dame, der sie vertraulich die Hand tätschelt.

Erschrocken bleibe ich stehen. Aber Hilde! Was soll ich denn davon halten? Eifersucht kriecht in mir hoch, und Wut. Aber ich beherrsche mich, wie immer.

Sicherlich gibt es dafür eine harmlose Erklärung. Meine Hilde hat mich sicher nicht so schnell vergessen und sich eine andere Gespielin gesucht. Die Dame an ihrem Tisch wirkt vermögend, sie ist edel gekleidet und der rote Lippenstift verrät, dass sie etwas auf sich hält. Eine kostbare Kette aus kleinen Smaragden schmückt ihren Hals, am Finger trägt sie den passenden Ring dazu. Das dunkelblaue Kostüm lässt die ganze Erscheinung jugendlich erscheinen. Die Haare sind schwarz gefärbt und lassen einen leichten Blauschimmer ahnen. Keine Frage, die Frau ist vermögend.

Liebevoll flüstert Hilde ihr etwas ins Ohr und die Frau errötet. Dann brechen beide in ein verlegenes Lachen aus.

Hilde wirkt auch sehr vornehm in ihrem rosa Kleid und der dazugehörigen roten Jacke. Auch sie trägt den passenden Lippenstift und die Kette meiner Stiefmutter.

Ich erinnere mich, Hilde und ihr Sohn Thomas hatten an jenem Morgen, als ich gestorben war – das hört sich für mich immer noch unfassbar an – den Safe leergeräumt und den Familienschmuck, sowie alle anderen Wertsachen und das Geld mitgenommen, bevor die Polizei dort erschien.

Sie haben der Polizei und auch meinem Stiefbruder erzählt, dass der

Tresor leer sei, allerdings haben sie verschwiegen, dass sie ihn selbst leergeräumt haben.

Entspannt schlendert Sabine mit ihrem Freund heran. Sabine ist die Tochter von Fritz, meinem Stiefbruder, der zwanzig Jahre älter ist als ich. Vom Alter her könnte Sabine meine Schwester sein.

Sie trägt ihre blonden Haare zu einem Zopf gebunden und wirkt so dünn und zerbrechlich, dass man fürchtet, der nächste Windstoß würde sie um wehen.

Ihr Freund schaut sie fröhlich plaudernd an, als Sabine Hilde durch die Scheiben im Lokal sitzen sieht. Wutentbrannt lässt Sabine ihren Liebsten stehen und stürmt ins Nefeli.

„Du hast den Schmuck meiner Oma gestohlen!" schreit sie Hilde schon beim Hereinkommen an. Anscheinend ist es ihr egal, dass alle anderen Gäste sie erstaunt anschauen. Gleichgültig blickt Hilde Sabine an und lächelt ihrer Tischnachbarin kurz schulterzuckend zu.

Süffisant erklärt sie Sabine, die rot vor Zorn ist, dass sie sich irre, der Schmuck ihrer Großmutter sei schon vor Jahren gestohlen worden. Mit einer höflichen Entschuldigung gegenüber ihrer Tischnachbarin begibt sich Hilde zur Toilette und lässt die vor Wut kochende Sabine einfach stehen.

Sabine eilt ihr hinterher und auch ich folge ihr wütend.

Unglaublich, wie unverschämt Hilde doch sein kann. Ich werde mir den Schmuck zurückholen. Die Idee mit dem Versicherungsbetrug stammte von Thomas. Ich hatte den Schmuck vor einigen Jahren als gestohlen gemeldet und von der Versicherung viel Geld dafür erhalten.

Der Schmuck schlummerte bis zu meinem Ableben wohlbehütet in einen Safe, dessen Versteck damals nur Hilde und ich kannten.

Hilde steht am Waschbecken und trocknet sich gerade die Hände ab, als Sabine und ich im Vorraum der Damentoilette erscheinen. Vom Schmuck ist nichts mehr zu sehen. Die Perlenkette, die so vornehm ihren Hals zierte, ist verschwunden und auch von der kostbaren Armbanduhr ist nichts mehr zu sehen. Sabine beschimpft sie ganz widerlich, aber Hilde beachtet sie gar nicht, schnappt sich ihre Handtasche und stolziert triumphierend hinaus zu ihrer neuen Freundin.

Vermutlich hat sie den Schmuck schnell in der Handtasche verschwinden lassen. Sabine wäre, nach ihrem Vater Fritz, die rechtmäßige Erbin der kostbaren Vermögensstücke gewesen.

Sabine ist nicht auf den Mund gefallen, aber jetzt erlebe ich sie einmal sprachlos. Mit hochrotem Kopf steht sie da und schaut Hilde entsetzt hinterher.

Ich kann sehen, wie es ihn ihrem Kopf arbeitet und ich kann ihre Wut spüren. Dann stürmt sie hinaus, wo ihr Partner fragend auf sie wartet.

Pech für Sabine, meine clevere Hilde war schneller und hat den Schmuck versteckt. Nun kann Sabine es nicht mehr beweisen, dass Hilde ihn getragen hat. Natürlich würde Hilde behaupten, ich hätte ihn ihr geschenkt. Mich kann man jetzt für den Versicherungsbetrug nicht mehr bestrafen.

Hilde setzt sich wieder zu ihrer Freundin, als wäre nichts geschehen. Meine Wut ist inzwischen noch mehr gestiegen und ich fühle mich wie ein Dampfkessel, der sich Luft machen muss.

Ich habe Hilde noch nie eine Szene gemacht. Naja, vielleicht ein oder zwei Mal, aber nur ein wenig. Aber jetzt ist es Zeit, richtig Dampf abzulassen und ich fange an, loszuschimpfen.

Breitbeinig, die Hände in die Hüften gestützt, stehe ich vor ihr und beschimpfe sie lautstark. Es ist mir egal, dass das Lokal voll mit Gästen ist, sollen sie doch hören, was Hilde für eine ist. Dann weiß ihre neue Freundin auch gleich Bescheid!

Endlich kann ich ihr alles sagen, was mich schon lange gestört hat und ich werfe ihr die übelsten Worte an den Kopf. Aber Hilde reagiert gar nicht darauf und tuschelt weiterhin vertraulich mit ihrer Freundin.

Sie können mich nicht hören, ich hatte es in meiner Wut vergessen. Meine Stiefmutter hatte mich immer vor Hilde und ihrem Sohn gewarnt. Die beiden sind Verbrecher, hat sie gesagt und weder Hilde, noch ihr Sohn, durften das Haus zu Lebzeiten der Stiefmutter betreten. Sie hat mir auch prophezeit, dass die beiden mir nicht zuhören würden, wenn ich mit ihnen rede. Wie recht sie doch mit Allem hatte.

Der Kellner bringt drei leckere Gerichte an den Nachbartisch und kassiert dann am anderen Ende des Gastraumes ab, als wäre nichts geschehen.

Wütend und enttäuscht stürme ich aus dem Lokal. Tränen laufen mir übers Gesicht. Ich will nur noch weg, unter meine Bettdecke, dort wo ich immer hingehe, wenn es Probleme gibt.

Irgendwann stehe ich doch tatsächlich vor meinem Haus. Wie ich hierhergekommen bin, weiß ich nicht. Ob die Eltern noch da sind? Vorsichtig schleiche ich hinein. Meine Möbel sind verschwunden, das Haus ist leer. Wie kann das sein? Alles wirkt so unpersönlich und tot. Ich habe doch gestern hier noch übernachtet oder war es vorgestern? Oder ist es schon länger her und die Zeit spielt mir einen Streich?

Auch mein Schlafzimmer ist leer. Ich will unter meine Bettdecke! Wo ist sie hin? Wer hat sie? Nur meine wunderschöne Einbauküche ist noch da. Wo sind meine Eltern? Wieder macht sich eine erdrückende Einsamkeit in mir breit.

Resigniert verlasse ich das Haus. Wo soll ich jetzt hin? An diesem Punkt war ich schon einmal, allerdings waren zu dem Zeitpunkt noch meine verstorbenen Eltern im Haus und meine Möbel waren noch alle da.

Wohin gehen die Menschen, wenn sie gestorben sind? Resigniert setze ich mich auf eine Parkbank, es dämmert bereits. Die Zeit vergeht so unglaublich schnell.

Auf der Nachbarbank sitzen einige Jugendliche, sie lachen und diskutieren lautstark. Einer der drei Jungen ist schwarz gekleidet, an seiner Hose hängt eine grobgliedrige Kette. Die blau gefärbten Haare sind zu einem Kamm hochfrisiert.

Die anderen beiden jungen Männer tragen eine Jeansjacke und sehen eigentlich ganz serös aus, nur der Nasenring wirkt bei dem einen Herrn etwas befremdend. Dafür wirkt der andere mit seiner Brille sehr belesen.

Auch eins der beiden Mädchen trägt schwarz und einen Nasenring. Ihr kurzes Röckchen gefällt mir, nur die Springerstiefel finde ich etwas unpassend, aber die jungen Leute haben sowieso einen seltsamen Geschmack heutzutage.

Das andere Mädchen wirkt auch normal in ihrer blauen Jeans und der schwarzen Lederjacke. Sie kann sich wohl keine neue Hose leisten, ihre ist an den Knien zerrissen, aber auch das trägt man zurzeit wohl so.

Sie scheint mit „Brillo" zusammen zu sein. Hin und wieder schauen sie sich verliebt in die Augen und auch ein Küsschen konnte ich beobachten. Wie süß. Ich muss zurückdenken, wie ich in dem Alter war. Ich habe damals meist nur zu Hause gesessen und Bücher gelesen. Die Jungs haben sich nicht für mich interessiert.

Ich war immer das Mauerblümchen, bis…aber daran will ich nicht mehr denken.

Eine Flasche Johnny Walker geht reihum, jeder nimmt einen Schluck. Das könnte ich jetzt auch gebrauchen.

Neidisch warte ich, bis sie die Flasche abstellen, aber es gelingt mir nicht, sie zu fassen. Meine Hände gleiten einfach hindurch, so ein Mist. Ist mir denn gar nichts mehr vergönnt?!

„Halt die Fresse, du Penner!" tönt es aus „Brillos" Munde. Er schaut einen vorübergehenden Herrn wütend an. Der Mann hatte die jungen Leute gebeten, ihren Müll mitzunehmen, das hier ist ein Spielplatz.

Jetzt sehe ich es auch, die jungen Leute haben eine Spritze und einige Papiertüten mit Essensresten achtlos in den Sandkasten geworfen. Was haben sie denn mit der Spritze gemacht? Vielleicht ist einer von denen zuckerkrank und muss sich spritzen. Aber der Mann hat recht, es könnte sich morgen früh ein Kind beim Spielen im Sandkasten mit der Spritze verletzen, das muss ja nicht sein.

Ruhig und sachlich versucht der Herr ihnen zu erklären, warum sie ihren Müll entsorgen sollen. Er wirkt in seinem dunklen Trenchcoat und den graumelierten Haaren wie ein Chemieprofessor.

Es kann doch nicht so schlimm sein, alles in den Papierkorb zu werfen, es sind nur wenige Schritte dort hin. Das Mädchen mit den kaputten Jeans steht auf und wirft den Müll in den Papierkorb.

„Komm Tobi", sagt sie entwaffnend zu dem jungen Mann, „trink was, die Flasche ist noch nicht leer." Liebevoll fasst sie ihn um, aber er stößt sie wütend weg.

„Du hast dich da gar nichts einzumischen, du Penner!" schreit er den Herrn im Trenchcoat an. In seinen Augen funkelt purer Hass und eine Wut, die ich ihm gar nicht zugetraut hätte. Er hatte im ersten Moment auf mich so vernünftig gewirkt. Der „Chemieprofessor" schüttelt enttäuscht den Kopf und geht langsam weiter.

Da packt Tobi ihn am Kragen. „Hier geblieben! Willst was in die Fresse? Du bist doch auf Krawall aus, gib´s zu!"

„Ich wüsste nicht, dass wir per du sind," sagt der Herr freundlich, aber bestimmt. Und schon hat er Tobis

Faust im Gesicht. Mit schmerzver-
zerrtem Gesicht wendet er sich ab
und wischt sich das Blut von der
Nase.

Ich bin fassungslos, warum macht
Tobi das? Der Mann hat ihm doch gar
nichts getan. Ich spüre eine unheimli-
che Aggressivität, die von dem Jungen ausgeht. Woher mag das wohl
kommen?

Die anderen stehen herum und
schauen dem Schauspiel zu. „Lass
doch," sagt das Mädchen mit den zerrissenen Jeans und versucht ihn weg-
zuziehen. „Los, gibs ihm" fordert ihn
der Punker auf. Ihm scheint es
Freude zu bereiten, zuzusehen wie
jemand leidet, und schon geht der
Mann zu Boden. Tobi hat ihm einen

Schlag in den Magen versetzt. Das kann ich nicht mitansehen, ich halte mir die Ohren zu, aber meine Augen wollen einfach nicht geschlossen bleiben.

Freudig erregt beginnt nun der Punker den Mann mit den Füßen zu traktieren. Der Rest der Gruppe ist verschwunden, es sind nur noch die zwei jungen Männer und das Mädchen mit der zerrissenen Jeans hier.

Sie versucht unter Tränen, ihre Kumpels zur Vernunft zu bringen. Jetzt versuche auch ich dem Herrn zu helfen und hänge mich an „Brillos" Arm, aber er bemerkt es gar nicht, ich bin zu schwach.

Inzwischen liegt der Mann blutüberströmt am Boden, sein wunderschöner Mantel ist ganz schmutzig und auch seine Hose ist an den Knien zerrissen. Blut läuft ihm aus Mund und Nase und rinnt über seine teure Kleidung. Der arme Mann hat die geschwollenen Augen geschlossen und bewegt sich nicht mehr, er ist ohnmächtig.

Plötzlich erklingt ein Martinshorn. Die Polizei und ein Krankenwagen kommen näher.

Endlich. Irgendjemand muss sie alarmiert haben. Jetzt sind auch die Schläger und das Mädchen verschwunden.

Was ist das bloß für eine Welt? Warum machen die so etwas? Vergessen sind meine eigenen Probleme, oder doch nicht? Da steht die Whiskeyflasche und es ist noch etwas darin.

Leider komme ich nicht heran an die angenehme Flüssigkeit, die in den vergangenen Jahren oft meine Probleme gelindert hat. Es ist doch ein blöder Zustand, wenn man keinen Körper mehr hat. Verstört setze ich mich wieder auf meine Bank und schau in die Sterne. Die Wolken haben sich verzogen und einige Lichtpunkte bahnen sich den Weg durch die Nacht. Wie mag es wohl sein, zwischen diesen leuchtenden Dingern herumzufliegen. Kann man das, wenn man gestorben ist? Und wo sind die Engel, von denen doch so viel gesprochen und geschrieben wird? Vielleicht hinter den Sternen? Wie kommt man dorthin?

Unendlich viele Fragen schwirren mir durch den Kopf und ich finde keine Antworten. Vielleicht kann Erwin, der Penner aus dem Bus, mir einiges darüber erzählen. Ich werde morgen um dieselbe Zeit am Bus auf ihn warten.

Plötzlich steht der Mann mit dem Trenchcoat vor mir. Die Sanitäter haben ihm das Gesicht gesäubert und auch seine Kleidung ist wieder so, wie vor der Schlägerei. Es ist nirgends ein Blutspritzer zu sehen.

Dann war es wohl doch nicht so schlimm, wie es aussah.

„Haben sie alles mit angesehen?" fragt er mich hoffnungsvoll. Ich nicke betreten. „Ich wollte helfen, aber es ging irgendwie nicht, die Jungs waren zu stark." Er reicht mir die Hand und stellt sich vor: „Ich bin Klaus Lind und sie?" „Mein Name ist Gabriele Balmy," antworte ich schüchtern. „Würden sie als Zeugin gegen die Leute aussagen? Wir müssen gegen die Kriminalität etwas tun und können das nicht einfach so hinnehmen." Da stimme ich ihm zu.

Er notiert sich meine Handynummer und meine Adresse und verabschiedet sich dann. Er geht jetzt zur Polizei, sagt er, die wird sich dann bei mir melden, wegen der Zeugenaussage.

Ich weiß zwar nicht, wie er es gemacht hat, aber weg ist er, genauso plötzlich, wie er erschienen ist.

Wieder bin ich alleine und lasse mich schwerfällig zurück auf die Bank fallen, neben mir immer noch die Whiskeyflasche, die mir gemeinerweise ihren Inhalt nicht geben will.

Ich habe Herrn Lind die Adresse von meiner Villa gegeben, aber dort wohne ich nicht mehr und mein Handy ist im Nachtschrank, der dank Thomas auch verschwunden ist. Der angesehene Finanzberater erscheint immer sehr seriös und kann die Leute gut „um den Finger wickeln".

So wie „Brillo", der erschien mir von der ganzen Gruppe der Vernünftigste und war das Gegenteil. Das zeigt mal wieder, dass man nicht nach dem Äußeren urteilen sollte, oft versteckt sich im Inneren etwas ganz Anderes. Anscheinend ist „Brillo" eine tickende Zeitbombe. Thomas vielleicht auch? Dann würde ihm irgendwann doch ein Fehler passieren und ihn hinter Gittern bringen, dort gehört er hin. Und Hilde? Die wohl schon wieder eine reiche Dame an ihrer Seite hat, die ihr ihren Luxus finanziert. Darüber möchte ich nicht nachdenken.

Erst jetzt wird mir bewusst, dass Herr Lind mich sehen konnte. Das bedeutet, dass wir auf der gleichen Ebene sind. Hat er seine Verletzungen nicht überlebt? Ich eile ihm hinterher, aber er ist nirgends mehr zu sehen. Merkwürdig, so schnell kann er doch gar nicht verschwunden sein, eben ist er noch mit gemächlichen Schritten den Parkweg zur Straße entlang gegangen und plötzlich ist er fort. Kann ich meinen Augen nicht mehr trauen oder sollte ich mir wieder eine Brille zulegen?

Ich spaziere in Richtung Asklepios Klinik. Dorthin werden sie ihn gebracht haben, tot oder lebendig.

Obwohl es schon später Abend ist, gehen immer noch einige Leute ein und aus. Ratlos warte ich an der Rezeption, wie kann ich Herrn Lind hier finden? Ich kann doch nicht einfach im Computer nachsehen, auf welcher

Station er liegt, oder vielleicht im Leichenschauhaus? Eigentlich müsste er ja seinen schweren Verletzungen erlegen sein, sonst hätte er mich nicht sehen können.

Eine gutaussehende brünette Frau kommt atemlos angerannt und erkundigt sich aufgeregt, wo sie Herrn Lind findet. Die Dame an der Rezeption schaut in ihren Computer. Herr Lind liegt auf der Intensivstation, den Gang entlang und dann rechts. „Intensivstation!?" schreit Frau Lind ganz entsetzt, „was ist denn nur passiert?" Die Rezeptionistin zuckt ratlos mit den Achseln, aber Frau Lind ist schon weg, unterwegs zu ihrem Mann.

„Ich will zu meinem Mann, wo ist er?!" ruft sie verzweifelt mit weinerlicher

Stimme. „Kommen sie, ich bringe sie zu ihm", eine Krankenschwester legt tröstend den Arm um die Schultern von Frau Lind und begleitet sie zu seinem Bett.

Ich erkenne den Herrn gar nicht wieder, er ist an Schläuche angeschlossen, sein geschwollenes Gesicht schimmert in verschieden Farbtönen. Frau Lind rinnen die Tränen herunter, „Wie ist das passiert?" Fragt sie verzweifelt.

„Einige Jugendliche haben ihn im Park zusammengeschlagen, ein Fußgänger hat das gesehen und die Polizei alarmiert. Ihr Mann hat starke innere Verletzungen und wird gleich operiert. Die Verletzungen sind so stark, dass man ihn im Krankenwagen reanimieren musste. Er hat wirklich Glück gehabt, wäre der Krankenwagen zehn Minuten später gekommen, hätte man nur noch seinen Tod festgestellt."

Frau Lind bricht zusammen, glücklicherweise ist die Schwester schneller und schiebt ihr einen Stuhl zu. „Was ist mit den Tätern?" Fragt die arme Frau kraftlos. „Die sitzen jetzt im Gefängnis," erwidert die Krankenschwester stolz.

Das ist die Erklärung: Im Krankenwagen war er gestorben und hat mit mir gesprochen. Dann hat man ihn wieder ins Leben zurückgeholt, deshalb war er so schnell verschwunden. Leider kann ich nicht gegen die Täter aussagen, man kann mich nicht hören und nicht sehen. Aber zum Glück wird er überleben und die Verbrecher hoffentlich ihre gerechte Strafe erhalten. Warum sind die Menschen nur so grausam?

Ich fühle mich so elendig und möchte mich unter meine Decke verkriechen, der einzige Ort der mir Sicherheit und Geborgenheit verschafft. Leider gibt es meine Decke nicht mehr, oder vielleicht doch, aber wer weiß, wem sie jetzt gehört.

Ich fühle mich einsam und verlassen wie noch nie. Ich bin tot, kommt danach noch etwas? Dieser Zustand kann doch nicht ewig andauern? Oder doch? Wenn der Tod ewig andauert und danach nichts mehr kommt, muss ich jetzt unendlich lange sinnlos durch die Gegend laufen? Aber alles ist doch einmal zu Ende, der Tod doch auch oder nicht? Was soll ich nur machen? Ich könnte vor lauter Verzweiflung den Kopf gegen einen Baum schlagen, aber das würde nichts nützen, meinen Körper gibt es nicht mehr.

Da heißt es immer: „Der Tod ist die Erlösung." Dabei stimmt das gar nicht, es ist alles noch viel schlimmer, als im Leben. Warum sagt einem das niemand vorher!?

Mir kommt eine Idee: Ich werde in ein Kaufhaus gehen und dort ein Bett suchen, das meinem ähnlich ist. Dort verkrieche ich mich unter einer Bettdecke und werde bis zum „St. Nim-merleinstag" bleiben, wann immer das auch sein mag. Das gibt mir Ge-borgenheit ohne Ende und die Lö-sung aller Probleme. Ich habe ja Zeit, viel Zeit. Und schon finde ich meinen leblosen Zustand ganz angenehm. Freudig laufe ich los. Auch Verstor-bene können es gut haben.

In Engelsbach gibt es ein schönes Möbelhaus, das ist nicht so weit von hier. Dort werde ich mich entspannen. Ein Blick auf den Busfahrplan verrät mir, dass um diese Zeit hier kein Bus mehr fährt. Ich muss wohl laufen, da kommt mir eine Idee.

Am Sortinos steigt gerade ein Pär-chen in eine heftige Diskussion ver-tieft ins Auto. Eilig husche ich auf die

Rückbank. Das nennt man wohl „blinder Passagier", denke ich verschmitzt.

Ihrem Gespräch entnehme ich, dass sie nach Frankfurt fahren. Egal, in Frankfurt gibt es genug Möbelhäuser. Ich habe ja im Moment keine feste Schlafstätte, bin sozusagen obdachlos. Eine obdachlose Tote, wie das klingt. Wenn es nicht so traurig wäre, würde ich herzlich darüber lachen. Meine Chauffeure halten im Zeil, einem Stadtteil von Frankfurt und wir steigen aus.

Sie scheinen in einem der grauen Mehrfamilienhäuser zu wohnen. Ich würde mich hier nicht wohl fühlen, mitten in der Stadt. Aber es hat natürlich auch Vorteile, man hat viele Einkaufsmöglichkeiten und Lokalitäten in der Nähe.

Ihrem Gespräch habe ich entnommen, dass sie früher in Langen gelebt haben und deshalb manchmal dorthin ins Sortinos fahren. In Erinnerung an vergangene Zeiten sozusagen.

Nachdenklich schlendere ich die abendlichen Straßen entlang und wieder überkommt mich großes Vermissen. Es ist niemand da, mit dem ich reden kann, niemand, der sich überhaupt für mich interessiert.

Mir begegnen viele Leute, allerdings kann ich immer noch nicht erkennen, wer noch in seinem Körper steckt und wer von den Leuten nur noch Geist ist, so wie ich.

Ein lautes Schluchzen dringt an mein Ohr. Nanu? Wer weint denn da so bitterlich?

Eine blonde Frau sitzt auf der Treppe vor dem Gerichtsgebäude und weint zum herzzerreißen. Sie könnte 50 Jahre alt sein, trägt hellblaue Jeans, ein dunkelblaues T-Shirt und eine braune Lederjacke. Ihre Füße, die in halblangen, braunen Wildlederstiefeln stecken, hat sie gekreuzt und weit von sich gestreckt. An der rechten Hand trägt sie einen Ehering.

Vielleicht hatte sie Streit mit ihrem Mann oder gerade erfahren, dass er fremd geht. Ihr bitterliches Weinen zerreißt mir das Herz. Ich würde ihr gerne helfen, aber wie?

Schweigend setze ich mich zu der verzweifelten Frau auf die Treppe. Mit tränennassem Gesicht schaut sie mich an. Aha, sie kann mich sehen, ist also auch im selben Zustand wie ich. „Warum ist die Welt nur so ungerecht!?"schluchzt sie. „Nicht einmal der Justiz kann man vertrauen," sie wischt sich die Nase mit dem Ärmel ab.

„Ich bin Gabi", stelle ich mich zurückhaltend vor. Obwohl die Frau, wie es scheint, total verzweifelt ist, strahlt sie eine große Autorität aus. „Ich bin Brigitte, kannst mich auch Gitti nennen". „Was ist passiert?" frage ich vorsichtig. Gerne würde ich schützend den Arm um sie legen, aber das wage ich dann doch nicht.

„Lass bloß die Finger von der", ruft mir ein Mann im Vorbeigehen zu. ´Warum sagt der so etwas´, frage ich mich. Seine dünnen schwarzen Haare sind zerzaust und mir fallen seine buschigen Augenbrauen auf. Das karierte braune Hemd hängt teilweise aus der Hose, die wohl mal schwarz war, jetzt aber schmuddelig ist.

Die arme Frau braucht doch Hilfe, vielleicht kann ich etwas für sie tun. „Das ist eine Selbstmörderin!" ruft er mir über die Schulter zu und ist auch schon hinter der nächsten Ecke verschwunden.

Warum soll man Selbstmörder meiden? Die Frage kann er mir leider nicht mehr beantworten. Gitti beachtet ihn gar nicht und beginnt zu erzählen:

„Das ist eine lange Geschichte" teilt sie mir mit und ihre Hände verkrampfen sich ineinander. Auf der anderen Straßenseite hält gerade ein Bus, vier ausländische Herren steigen fröhlich lachend aus und schlendern weiter zum Kebab Haus.

„Wir haben viel Zeit" teile ich Gitti mit, „und ich bin eine geduldige Zuhörerin". Ein ironisches Lächeln umspielt ihren Mund. „Eigentlich ist das Zuhören meine Aufgabe, in meinem normalen Leben war ich Gefängnispsychologin. Aber dann geschah etwas, das mein Leben drastisch verändert hat, leider nicht zum Positiven."

Das kenne ich. Meine Gedanken schweifen zurück in meine eigene Vergangenheit. „Ich wurde vergewaltigt", teilt sie mir sachlich mit. „Ich auch" erwidere ich leise.

Mitfühlend legt sie mir ihre Hand auf den Arm. „Erzähl weiter", flüstere ich mit brüchiger Stimme. Ich hatte diese Episode schon lange aus meinem Gedächtnis gestrichen. Verdrängen ist eine meiner besonderen Fähigkeiten.

„Der Gefangene hat mich sieben Stunden lang in meinem Büro vergewaltigt, kannst du dir das vorstellen!? Sieben Stunden auf brutalste Weise, sieben Stunden Todesangst!" Ihre Stimme überschlägt sich fast und in diesem Moment wirkt sie so verzweifelt und zerbrechlich, dass auch mir die Tränen in die Augen steigen.

Ich schüttle vorsichtig den Kopf. Nein, das ist unvorstellbar.

„Aber hat dir denn niemand geholfen? Ich meine, das ist eine lange Zeitspanne, da muss es doch jemanden aufgefallen sein, dass etwas nicht stimmt oder hat es niemand bemerkt, dass er mit dir die ganze Zeit im Büro war," wende ich nachdenklich ein.

„Doch, er hat mit meinen Kollegen und den Herren vom Sicherheitskommando telefoniert und ihnen mitgeteilt, dass wir beide, er und ich, ungestört sein wollten.

Ich kann mir nicht vorstellen, dass meine Kollegen das wirklich geglaubt haben. Ich hatte mich doch schon in den Feierabend verabschiedet, weil ich einen dringenden Termin hatte. Da werde ich mich doch nicht noch freiwillig stundenlang mit einem Gefangenen beschäftigen." Verzweifelt schaut sie in die Ferne und umschlingt schutzsuchend ihre Knie mit den Armen.

„Er hatte einen Schrank vor die Tür geschoben, damit niemand hereinkonnte. Es hat aber auch niemand versucht, ins Büro zu kommen. Auf die Idee, dass mein Büro ein Fenster hat, ist anscheinend niemand gekommen.

Die hatten das Gefängnis großflächig abgeriegelt. Ich wurde sieben Stunden lang vergewaltigt und die standen und haben die Straßen abgesperrt. Was das für einen Sinn haben sollte, habe ich bis heute nicht verstanden. Er war doch mit mir drinnen, in meinem Büro, dort hätte ich Hilfe gebraucht und nicht auf den Straßen des Ortes."

Ein Liebespärchen bleibt direkt vor uns stehen. Die knutschen miteinander herum wie zwei Verhungernde. Mein Gott! Können die das denn nicht zu Hause machen!? Das ist ja widerlich. Und wie er an ihr herumfummelt. Wenn die nicht aufpassen, wohin sie ihre Füße stellen, stehen sie auf Gittis Füßen. Aber das können die ja nicht sehen, in ihrer ach so realen Welt.

Gitti lehnt sich zurück.

„Ich fühle mich verraten von meinem Dienstleiter und von dieser Sicherheitsabteilung in der JVA. Die haben die ganze Zeit gesagt, dass sie alles im Griff haben," setzt Brigitte ihre Erzählung fort, „dabei haben die unglaublich rumgeschlampt. Die haben total versagt."

Das Pärchen schlendert engumschlungen weiter. Hoffentlich schaffen sie es noch bis nach Hause. Es hätte mich nicht gewundert, wenn sie gleich hier auf der Treppe ihren Liebesakt vollzogen hätten.

„Ich weiß, es ist nicht einfach, in solchen Situationen richtig zu handeln und das Opfer, in diesem Fall mich, so gut wie möglich zu schonen.

Um den Geiselnehmer nicht noch mehr zu reizen versucht man, ihn mit Gesprächen und Angeboten zu ermüden.

In dem Augenblick, wo eine gewisse Ermüdung eingetreten ist, wird er überwältigt, damit schont man die Geiseln am besten. Aber in meinem Fall ist nichts geschehen. Man hat ihn einfach gewähren lassen"

„Aber die haben doch gewusst, dass er mit dir dort drinnen ist, die können doch nicht einfach nur so dagestanden haben, um nichts zu tun, die waren doch ausgebildet," erwidere ich entrüstet.

Sie schüttelt resigniert den Kopf. „Ich bin vom Fach und ich kann mir vorstellen, was außerhalb meines Büros geschah." Sie legte nachdenklich den Kopf auf die Knie. ´Wenigstens hat sie jetzt aufgehört weinen´, denke ich bei mir.

„Der Mann, der mir mein altes Leben genommen hat, hatte schon einmal während einer Vergewaltigung eine Frau umgebracht, deshalb habe ich nicht gewagt, mich zu wehren und war ihm in allen Dingen zu Willen." Angeekelt schüttelt sie sich. „Sie haben wahrscheinlich gedacht, die Gitti, die hat alles im Griff, so wie immer." Auf der gegenüberliegenden Straßenseite stehen zwei aufgetakelte junge Mädchen in Miniröcken. Die starren ständig zu uns herüber und tuscheln. Aber vielleicht bilde ich es mir auch nur ein, dass sie über uns tuscheln. Wahrscheinlich sind es einfach nur zwei alberne junge „Gänse".

Gittis Erzählung fesselt mich wieder: „Besonders enttäuscht hat mich, dass der Täter später, während der Gerichtsverhandlung, und überhaupt immer, besonders geschützt war. Ich fand es seltsam, dass während der Verhandlungspausen, wenn wir zur Toilette oder zum Rauchen gegangen sind, die Polizisten immer sofort einen Kreis um den Täter gemacht haben. Damit wollten sie verhindern, dass weder mein Mann noch ich auf die Idee kamen, ihn anzugreifen."

Sie schaut mich nachdenklich an. „Ist doch verrückt oder? Die lassen mich da ewig lange in diesem blöden Büro mit diesem Idioten schmoren, und wenn´s darum geht, den Täter zu schützen, waren sie alle da! Merkwürdiges System."

Erschöpft schließt sie die Augen. Diese Geschichte ist so ungeheuerlich, dass es mir die Sprache verschlägt.

Ich dachte immer, wir leben in einem Rechtssystem, aber das ist wohl ein Irrtum. Ich muss an Hilde und Thomas denken, die wohl mein Leben auf dem Gewissen und sich mein Vermögen angeeignet haben. Werden in unserem Land die Täter beschützt und die Opfer müssen zusehen, wie sie klarkommen?

Die vier ausländischen Herren verlassen das Kebab Haus und schlendern entspannt und vermutlich gesättigt die Straße entlang Richtung Zentrum. Wie spät mag es wohl sein? Der Verkehr hat inzwischen abgenommen, aber in der Großstadt fahren ja immer Autos. Ich muss an mein Vorhaben denken, ich wollte doch ins Kaufhaus und mich in einem der Betten entspannen, und das möglichst noch vor der Öffnungszeit, bevor der tägliche Trubel wieder los geht.

„Ich konnte all das nicht verstehen," setzt Gitti ihre Geschichte fort. „Bist du schon einmal aus deiner heilen Welt auf so drastische Weise gestoßen worden?" Fragt sie mich nachdenklich. Ich zucke mit den Schultern. Ja, auch ich habe ähnliche Dinge erlebt, vielleicht nicht so schlimm, aber wer entscheidet, was schlimm und was schlimmer ist? In dem Moment, wo es passiert, erscheint es immer wie das Schlimmste, was einem je passieren kann. Und dann passiert etwas, was noch schlimmer ist. Was ist also am Schlimmsten? Ich will es gar nicht erfahren.

Ich schaue Gitti schweigend an. „Ich bin früher schon aus geringeren Anlässen verzweifelt gewesen. Im Vergleich zu diesen Dingen war es ein Nichts," offenbart sie mir.

Das stimmt, fährt es mir durch den Kopf. Im Vergleich zu dem, was Gitti durchgemacht hat, waren meine Erlebnisse nicht so schlimm. Aber auch mir wurde dadurch mein altes Leben genommen.

„Ich hatte immer das Gefühl, man erwartet von mir, dass ich mich wie ein leidendes Opfer zu benehmen hatte.

Ich habe in meinem Leben viele Fehler gemacht, hatte immer eine relativ große Klappe und war relativ selbstbewusst, was sicher auch vielen Leuten auf den Wecker gegangen ist. Aber ich war nie jemand, der sich so klein macht.

Diese schambesetzte Rolle passte nicht zu mir, das hat vielen Leuten nicht gefallen. Die Menschen wollen den anderen leiden sehen, dann sind sie zufrieden.

Aber ich habe gekämpft und bin an die Öffentlichkeit gegangen, habe auch Bücher über die Dinge geschrieben.

Es gibt sicherlich Menschen die der Meinung sind, ich hätte es verdient und dass man in meinem Beruf damit rechnen müsse, ich war ja schließlich kein Einzelfall. Einige behaupten auch, ich hätte selber schuld an all dem, ich war zu unvorsichtig und zu selbstsicher. "

Sie schaut mich traurig an und Tränen rinnen ihr wieder übers Gesicht.

„Kannst Du dir das vorstellen, Gabi? Ich wurde sieben Stunden auf brutalste Weise misshandelt und vergewaltigt, mein Körper war übersät mit Verletzungen, ich hatte danach ständig Panikattacken, konnte nicht mehr fröhlich sein, hatte starke Depressionen, mein ganzes Leben stand auf dem Kopf und einige Leute denken, ich wäre selber schuld. Vielleicht hätte ich etwas vorsichtiger sein und mich anders verhalten sollen. Im Nachhinein ist man immer schlauer, aber so etwas macht man doch nicht freiwillig oder mit Absicht"

Mir brummt der Kopf von der Geschichte und ich würde mich gerne zurückziehen. Hätte ich doch nur auf den Mann gehört, der mich vor ihr gewarnt hat. Ich suche nach einer Ausrede um mich zu entfernen und schaue auf meine nicht vorhandene Armbanduhr.

„Sitzt du schon wieder hier herum! Verschwinde endlich und mach die Treppe frei", schreit ein älterer Mann mit blauem Kittel uns an. ´Wo kommt der denn jetzt plötzlich her, mitten in der Nacht und in Arbeitskleidung?´

Zu meinem Erstaunen klingt ein amüsiertes Lachen an mein Ohr.

Fragend schau ich Gitti an. „Das ist Paul, der Hausmeister", sagt sie belustigt. Jetzt sehe ich auch um Pauls Mundwinkel ein verschmitztes Lächeln. „Es wird Zeit zu gehen," sagt sie geheimnisvoll und hakt sich bei Paul ein.

„Ich hoffe, ich habe mit meiner Geschichte dein Weltbild nicht zu sehr verschoben. Das ist es wahrscheinlich auch, warum die Leute versuchen, mir einen Teil der Schuld zu zuschieben. Das Ganze klingt so schrecklich und passt nicht in ihre heile Welt. Wer gibt sich schon freiwillig mit so unangenehmen Dingen ab. Man schaut es im Fernsehen an und hört gerne solche Geschichten, aber nur mit Abstand. Das ist spannend, interessant, aber direkt möchte niemand damit zu tun haben. Das macht unsicher und sie wissen nicht, wie sie sich verhalten sollen."

Wieder hält ein Bus, dieses Mal auf der anderen Straßenseite. Ich hatte gar nicht bemerkt, dass die vier ausländischen Herren sich inzwischen an der Bushaltestelle versammelt hatten. Sie haben wohl genug vom Frankfurter Nachtleben und fahren nach Hause, oder zum nächsten Event. Erstaunlicherweise sitzen relativ viele

Leute in dem Fahrzeug. Das hätte ich um diese Uhrzeit nicht vermutet.

„Der Mann vorhin hat gesagt, dass du eine Selbstmörderin bist. Haben die schlimmen Erlebnisse dich dazu getrieben?" Das möchte ich noch gerne wissen, bevor die Beiden im Gerichtsgebäude verschwinden.

Nachdenklich zuckt Gitti mit den Schultern und Paul schaut betreten zu Boden.

„Es gibt Momente, da fühlt man sich stark und denkt, man kann alles schaffen was man will. Und dann gibt es wieder Momente, in denen man sich klein, hilflos und ängstlich fühlt. Da traut man sich nicht einmal aus dem Haus und vermutet hinter jedem Geräusch einen Verbrecher.

Man ist von Angst und Panik getrieben und möchte sich am liebsten für immer unter der Bettdecke verstecken. Aber was ist, wenn er mich dort auch findet? In solchen Momenten, oder soll ich sagen: Stunden, Tage, Wochen, schwebt die graue Wolke über dir.

Mein psychischer Zustand wurde im Laufe der Jahre besser, ich hatte eine gute Therapeutin. Allerdings hat mich die graue Wolke niemals mehr verlassen und manchmal war die Tendenz schwarz. Von der optimistischen, lebensfrohen und fröhlichen Brigitte ist nur noch ein verzweifeltes, trauriges Wrack geblieben.

Ich hatte meinen Vorgesetzten und die Justiz angeklagt, wegen unterlassener Hilfeleistung. Was glaubst du wohl, was dabei herauskam?" Paul streicht ihr mitfühlend über den Rücken, aber Gitti scheint es nicht zu bemerken, ihre Augen blicken verträumt in die Ferne. Ich folge ihrem Blick, aber dort ist nichts außer eine graue Ladenzeile in der Dunkelheit.

Ratlos zucke ich mit den Schultern. Betretene Stille.

Als ich mich gerade verabschieden will, schaut sie mich fordernd an. „Was würde dir dein Menschenverstand und dein Gerechtigkeitssinn sagen? Stell dir vor, du bist Richter und müsstest darüber urteilen," fordert sie mich auf. In diesem Moment erscheint sie mir, wie die Psychologin, die sie wohl einmal war.

Ich habe mal gelesen, dass ein Gefängnisleiter ein Jahr lang vom Dienst suspendiert wurde, weil ein Gefangener in dem Gefängnis verhungert ist. Es war der freie Wille des Gefangenen, er wollte verhungern. Und trotzdem wurden der Gefängnisdirektor und einige Bedienstete dafür bestraft.

„Sie haben nichts Sinnvolles unternommen um dir zu helfen, da ist wohl sehr viel schief gegangen.

Musste dein Vorgesetzter und das Sicherheitskommando oder wer auch immer daran beteiligt war, dafür ins Gefängnis? Ich meine, wenn auf der Straße jemand überfallen wird und ich schaue zu und unternehme nichts, werde ich auch wegen unterlassener Hilfeleistung bestraft."

„Genau" bestätigt Gitti meine Aussage, „so sehe ich das auch. Allerdings wurde in meinem Fall die Anklage fallengelassen und alles was schiefgelaufen ist, unter den Tisch gekehrt. Es hat niemand mehr ein Wort darüber verloren. Alle haben so getan, als wäre nichts geschehen. Der Angeklagte muss bis an sein Lebensende im Gefängnis bleiben und für alle anderen ging das Leben einfach weiter wie bisher, nur für mich und meine Familie war nichts mehr, wie es war.

Das ist das Ungerechte an der ganzen Sache. Niemand hat seinen Fehler zugegeben. Auch in den Jahren danach hat sich nie einer der Beteiligten bei mir entschuldigt. Hätten sie, oder wenigstens einer der Beteiligten gesagt: Sorry Gitti, aber ich habe es zu dem Zeitpunkt nicht besser gewusst, es war eine Ausnahmesituation und es tut mir leid, was dir passiert ist, hätte ich Verständnis dafür gehabt.

Fehler passieren, das ist menschlich. Aber man sollte zu seinen Fehlern stehen. Auch ich habe Fehler gemacht und sie eingestanden und dafür für den Rest meines Lebens büßen müssen.

Aber es hat sich nie jemand bei mir entschuldigt, nie!"

Sie hat sich inzwischen von Paul gelöst, der mit gesenktem Haupt da steht und geduldig wartet. Bestürzt folge ich Gittis Blick auf die Gehwegplatten. Die sind nicht ganz gerade. Da waren wohl Pfuscher am Werk. Früher, als Kinder, haben wir immer Hüpfe auf solchen Platten gespielt. Wie war das eigentlich noch? Irgendetwas haben wir mit Kreide eingezeichnet, aber mir fällt gerade nicht ein, wie unser Hüpfe - Spiel ging.

Es könnte auch mal wieder die Kehrmaschine vorbeikommen und die Zigarettenkippen wegfegen. Eigentlich

müssten dort gar keine Kippen her-
umliegen, es steht ein Abfalleimer in
der Nähe.

Ob die Raucher während der Ver-
handlungspause ihre Kippen einfach
auf den Boden geworfen haben? Wie
ich Gittis Erzählung entnehme, hat sie
auch geraucht. Aber sie hat ihre Ziga-
rettenreste sicherlich ordnungsge-
mäß entsorgt.

„Warum hast du dein Leben been-
det?" Diese Frage ist immer noch of-
fen. Paul versucht vorsichtig, Gitti mit
sich zu ziehen, aber sie bleibt stur auf
ihrer Treppe stehen

„Ich habe immer an dieses System
geglaubt," antwortet sie nachdenklich, „war Teil davon. Die Tat war
schlimm, mein Trauma danach war

schlimm, aber die Enttäuschung über die Ungerechtigkeit dieses Systems und dass ich mich all die Jahre geirrt habe, weil ich an dieses System und Gerechtigkeit glaubte, waren am schlimmsten. Ich kam mir so unendlich hilflos vor."

Ein Krankenwagen rast lärmend und mit Blaulicht an uns vorbei und erinnert mich an den Herrn im Trenchcoat, der von den jungen Leuten fast zu Tode geprügelt wurde. Diese Episode kommt mir vor, als wäre sie schon Jahrzehnte her.

„Wir müssen jetzt gehen," holt mich Paul aus meinen Gedanken, „auf uns wartet noch viel Arbeit." Gitti nickt zustimmend und hakt sich wieder bei ihm ein.

„Ich auch," antworte ich und mache mich auf den Weg ins Möbelhaus und freue mich auf ein wundervolles, bequemes Bett.

„Das nächste Mal erzählst du mir deine Geschichte", ruft sie mir noch nach, bevor die zwei im Gerichtsgebäude verschwinden.